THE WINDE POEMS

외젠 포티에의 인터내셔널가 변주

외젠 포티에의 인터내셔널가 변주

© 이상규, 2022

1판 1쇄 인쇄_2022년 08월 15일
1판 1쇄 발행_2022년 08월 25일

지은이_이상규
펴낸이_양정섭

펴낸곳_예서
    등록_제2019-000020호

제작·공급_경진출판
    이메일_mykyungjin@daum.net
    블로그_https://mykyungjin.tistory.com/
    사업장주소_서울특별시 금천구 시흥대로57길 17(시흥동) 영광빌딩 203호
    전화_010-3171-7282 팩스_02-806-7282

값 15,000원
ISBN 979-11-91938-19-7 03810

이상규 시집

THE WINDE POEMS

외젠 포티에의 인터내셔널가 변주

예서

시인의 말

2021년 겨울 영취산 통도사를 찾았다.

성파(性坡) 대종정께서 "詩語 無邊宇宙通"이라는 법어를 주셨다.

시인은 시어의 무한한 자유를 가진 대신 가난과 시련을 함께 해야 하는 이유를 설법하셨다. 그러나 나는 시어의 자유도 온전히 갖지 못했고 가난이나 고통도 그리 진하게 맛보지 못한 채 우주의 가장자리로 날아왔다.

그해 겨울에서 봄까지 참 행복한 붓다와의 동행이 있어 아름다운 계절이 되었다.

2022년 6월
여수 이상규

차례

01. I YOU

02. 와인 잔을 바라보는 시간

03. 썰물과 밀물

04. 외젠 포티에의 인터네이셔널가의 변주

05. 이상규의 『외젠 포티에의 인터내셔널가 변주』 시 해석

01.

I YOU

소복, 꽃의 미학

대나무 막대 쥐고
펑퍼짐하게 흐드러진
여인네 치맛자락 펼친 채
속으로 더 깊이 잦아드는
네 울음소리 꽃으로 피었구나
저승으로 이별하는
순간 저토록 희고 깨끗하니
쏟아지는 울음 또한 흰 빛 소복한
들릴 듯 말듯 지나치는 봄 옷자락을
거머쥐었다 벌린
다섯 손가락
세월의 깊이 같은
옹심이가 깊게 손바닥에 박혀 있다

지난 봄 모란꽃의 추억

모란꽃은 한 가지 색깔이 아닌
울컥하며 연이어 잣아 올린
색깔을 마시는 눈빛이다

세상에 이보다 더 현란한
빛의 합성을 본 적이 없다

지난 봄의 기억 또한
존재하지 않는다
기억이 그처럼 멀어져 갔다

지난해 찬란했던 모란꽃의
추억은 이승도 저승도 아닌
단절된 현재에만 존재하는 것

늘 다시 되돌아오는

시간과 만나는
축제다

순결

땅바닥에 철퍼덕 떨어진 동백꽃
농익어 땅바닥에 머릴 처박은 홍시
모두 가열차게 치열한 붉은색 순정이다
나는 언제 저토록 아프게
곤두박질쳐 본 적 있는가?
되돌아 갈 길, 영원히 잃은

아련한 순결이다

달콤하든 황홀했든
제 목적에 닿지 못한 애달픈 사랑이다
나는 언제 저토록 애달픈
사랑을 해 본 적 있는가?
너도 또 나도 언젠가 땅바닥에
내동댕이치듯 떨어질

한 닢의 붉은 동백꽃

젊음

아름다운 것은
지난 시간 속에 있다

그리움도
다시 오지 못하는 곳에 있다

지금 곁에 없어도
젊음 너는

늘 아름답고 그립다
별처럼 멀리 있어도

꽃향기 묻어 있어

젊음은 비록 서툴어도
그립고 또 아름답다

메꽃 세브린느

어이 이렇게 소복 단장한 꽃이
불륜의 정사를
일탈된 숨 가쁜 정사를
상징하는 꽃이 되었을까?

부유하고 호사스런 닥터 남편 대신
부둣가 거칠고 억센
막노동자와 매춘에
깊이 빠져든
거친 숨소리와
빠른 맥박 뛰는 소리가
어이 저토록 연약한
메꽃을 상징하는

세브린느
저 처연한 소복같이 깨끗한 살 속에

용광로 불길이 치솟아오르는
길거리 몇 방의 총소리와 함께
이지러진 꽃잎
거리의 허무와 정적

제비꽃 너

어쩌다 제비꽃에
네가 연상이 되었을까?
쓸쓸히 외론 들판에 고개 숙인 들꽃
너는
보랏빛 질투를 억누른 조선의 여성일까
꽃잎 귓전을 스치는
가는 바람소리

꽃잎에 강물처럼 금이 나간
꽃잎 혈의 맥박소리
밤 새워 기다리는

너

하나님 성혈이 진
자리에 핀 엉겅퀴꽃빛

저주를 다독인 붉은 빛

바람에 바래져 보랏빛 네가 되었나

I YOU

너는 혼자가 아닌 걸
잠을 잘 때나 꿈 꿀 때나
고뇌할 순간
바람처럼 다가가서
민들레 씨방을 훌훌 날리듯
나는 너의 바람이야

외로운 산길 홀로 걸어갈 때
나는 너의 길동무가 되어
하늘 태양의 빛처럼
너와 어깨를 걸고 걸을 거야

비가 내리는 저녁 무렵
텅 빈 하늘에 차오르는 어둠처럼
너의 빈 가슴을 파고드는
나는 너의 별빛이야

슬픔을 기쁨으로 만드는
나는 요술쟁이가 되어
바싹 마른 너의 입술
촉촉하게 적시는 이슬

산당화

어찌 저토록 붉을까
봄의 전령 노란 수술
온몸으로 껴안은
붉게 타오른 절제된 정념

네 이름은 명자,
일제강점기 기모노에 곱게 물들인 하나 아키코
네 진짜 조선 이름은
산속 외로운 집 홀로 지키며 피는 꽃
산당화였네

훅훅 달아오르는 5월의 열기
도톰한 너의 입술이
검붉도록 달아올라
살짝 부는 바람에
지는 꽃이더라도

깊은 산속 외로움을 비틀치는
외마디
요염한 사랑의 정화
핏빛 물든 뻐꾸기 울음만 번지는
고요한 외로움

잔잔한 녹색 물결 바다

오월은 녹색의 조화
하늘과 땅 사이
무지개 같은 녹색 단층
그 사이를 제각기 다른 속도를 지닌
바람이 지나다닌다

얼마 전까지
봄을 앓던 이 땅의
첫 생리, 철쭉 붉은
핏빛, 산꿩의 외마디
울음소리에 놀라 한 순간
오월 하늘로 흩어졌다

그 감추어진 자취엔
연록빛 검스레한 녹색
출렁이는 바다가 되었다

이팝나무꽃이 녹색 파도에 휩쓸려

물보라를 일으키며

달려온다

3월 노란 개나리

4월의 철쭉

온갖 색상이 녹색으로 함께

버물어진 푸르른 무지개

온 세상을 껴안고

가을 한복판에 서서

사랑의 기쁨보다 더 가벼운 것은
이 세상에 존재하지 않습니다
바람 소리에 섞인 그대 숨결
내 귓가에 다가와 펄럭입니다

노란 황금물결 치는 바람 사이
하느님 영성의 따사로운 빛이
보이지 않나요?
활활 타오르는 생명이
황금색 노래로 흔들며
바람에 펄럭입니다

바람개비를 든 구름은
가을 한복판을 달립니다
다시 그대는 바람이 되어
그리움의 한복판에서
흩어집니다

가을
—이 린에게

가을이 떠나기 서러워
하늘 위
고추잠자리처럼 맴돕니다
찬 이슬에 젖은 낙엽이
세숫대야에 가득 내려왔습니다
세수하려던 손녀가
세숫대야 뒷산 가을 낙엽을
건집니다
손가락 끝이 차갑게 느껴지는
가을이 이미 우리 곁을
떠나고 있네요

소쩍새가 일으켜 세운 철쭉꽃

피울음 색깔로 번진
슬픈 향연
촉수에 꽃가루 정분 듬뿍 묻혀
기다리는 님은 오지 않고

송홧가루 번지는 깊은 산속
외로움에 지친
소쩍새 울음으로 토해낸
객혈, 번져가는 꽃빛

장례 행렬

관을 들었다
죽은 자의 몸무게를
산 사람 여섯 명이 나누었다
바람이 불고 담배연기는 빨리 사라졌다
졸업을 한 뒤 장례식장에서
처음 만나는 친구도 있었다

사랑도 섹스도 간신히 쌓아올린
레고 하나에 하나를 더 보태는
아슬아슬한 황홀이었다
술을 마시고 노래를 부르는 동안

살아 온 날과 살아 갈 날이 저절로 쪼개져
나누어졌다
남은 반쪽은 나에게 있는지
그마저도 내 것이 아닌지 궁금해졌다

떨어지는 칼날이 발등을 찍었다
구름은 마침 엉겨서 비를 뿌리고
좀 퇴폐적으로 살고 싶었지만
늙어 죽은 자의 몸무게를 가늠해보면

마음이 무거웠다
누군가에게 편지를 쓴 지 참 오래되었다
나는 화장장의 검은 연기로 흩어지는
발자국을 멀리 따라 갔다

변하지 않는 것은 변하지 않는 것이 없다는
명제 하나로 귀결될 때
마음이 시렸다

마스크를 벗고 잠시 그녀를 바라보았다

시계는 오른 쪽으로 돌며
많은 것을 뒤틀어 놓았다
검은 새가 천천히 가라앉을 때,
의사인 친구가 우울증을 앓았다
한 때 아내가 되었으면 했던 여자가

수저를 내밀었다
하얀 유골로 만든 수제비국

나는 따뜻한 물에 몸을 담그고 싶었고
집으로 가고 싶다는 마음이 간절했다
그 집으로 가는 길을 잘 모르지만
마감 뉴스가 나오고
보일러가 따뜻하게 돌아가는,

혼자 쓴 술을 따르고

담요를 머리끝까지 덮고 싶었다
나의 관도 불속으로 넣을 땐
누군가 나누어 들었으면 좋겠다
죽은 내 몸을 무겁게 하고 싶지 않았다

붉은 낙엽 위로 분필 가루 같은
눈이 내렸다
산다는 게 너무 가벼워
엷은 미소가 지어졌다

이런 모순을 반복하는 동안
자꾸 몸무게가 늘었다

독도가 떠 있는 바다는 늘 옳다*

비늘을 가진 거대한
살아 있는 햇살의 살갗이다
크림 같은 구름을 올려 먹으면
훨씬 맛깔나는 꿈 스크림

그 바다는 그래서 늘 그립다
독도 새벽 부두에
경상도 악센트가 섞인
어부들의 억양은 푸른 바다

튀어 오르는 은빛 힘을 가진
물보라는
끊임없이 파도를 불러 일으켜

하루도 빠짐없이
세로로 일어서려는 힘을

포기하지 않는다

미련은 우둔해 보이나
그런 생동하는 활기가 있어
아름답다

등과 배를 수면 위로 내밀어
부딪치는 청명한 해수면
포도알 같은 공기를 일으키며
적도 온난한 열기를 넘어서

키에프타운의
붉은 등댓불에 대한
그리움 때문에

단 한 번만이라도

세로로 일어서려는 꿈을 지닌

독도, 융융한 바다

그대는 늘 외로운 내 마음이다

———————————————

*2022년 3월 1일 삼일절날 아침 푸른 바다의 희망을 노래한다.

내 안에 소유하고 있는 야만과 순결

내가 용서할 대상은 없다. 다만 내가 용서받을 대상은 무수히 존재한다. 길섶 모서리와 담장 틈새에 고개를 내민 들풀잎과 고요한 바람은 나의 구원자.

그냥 여기 정물화처럼 홀로 앉아 생각에 잠겨 있는데 많은 사람들은 내 순결을 앗아 가기도 하고 자기 소유인 것처럼 갈기갈기 찢기도 했다.

단단하고 각이 진 도시가 안고 있는 고요한 내 집 거실, 편안한 의자에 앉아 몇 시간 그냥 앉아 있을 뿐 다만 그들의 야만을 용서하는 빛난 나의 순결과 마주하고 있다.

나의 순결을 받아들이는 야만의 침묵이 있기 때문이다.

2017년 박근혜 전 대통령의 탄핵선고결정문을 듣던 날 나의 메모 일기를 다시 읽어본다. 낙서다, 역사 또한 낙서와 다를 바가 없다. 그러나 진실은 지워지지 않는다.

추락하는 청춘

대학 구내 화장실 문을
발로 걷어차고
세면기를 주먹으로 쳐

젊은 시절 장정일은
마지막 남은 100원짜리 꼴깍 삼킨
공중전화기를 부수다
파출소에 연행된 적 있었다

세면기에 퍼져 씻겨나가는
붉은 청춘의 핏물
잃어버린 희망과 꿈

손에 잡히지 않는 믿음
텅 빈 주머니는 풍선처럼
부풀어 오르는 무직 청춘의 분노

60년대로 다시 회귀한
조락하는
시대의 젊은 청춘들의 관계망이
부서지는 시대

대학 게시판에 취업 광고 대신
일급, 일용 아르바이트 광고가
덕지덕지 바람에 나부낀다

청춘들의 어깨 위에
올리기 두려운 내 여위고 무력한
손길
황사바람에 갇힌 잿빛 하늘

이 시대가 언젠가 끝나지 않을 것 같은

윤회하듯 반복될 미래
장정일은 또 장정일을 낳고 또

장정일을 낳는 세상의 연약한 고리
실재하는 장정일은 방안에 유폐되어 있다

핵탄두에 실려 있는
새로운 미래가 어떻게 전개될까
햄버거를 버리고
핵의 명상이 시작되었다

실재하는 장정일은 방안에 유폐되어 있다

겨울 산길

오늘 또 검은 옷고름 동여매고 추운 산길로 떠난 동무가 있다. 고등학교시절을 해동무로 어울렸던 마음씨 든든하던 경주 박약국 박씨네 훨훨 뒷산자락 어둠을 타고 기울어진 상현달 가로질러 날아가는 철새 따라 먼 길을 떠났다. 청춘 시절 내 사촌 여동생을 좋아한다고 대책 없이 나에게 고백했던 그의 기억이 새초롬히 달그림자처럼 나를 따라온다. 추억은 비록 토막나 있지만 끝없이 이어진다, 그리움만 남아 있다면. 허전하지만 애련한 사랑하는 눈물만 아직 남아 있다면.

시인이세요, 가볍지 않은 사유하는 삶. 무척 부럽습니다. 죽은 내 관을 드는 나에게 몸뚱아리의 무게와 부피를 줄이려는 이승의 배려를 그러나 생각은 더 무겁게 오늘도

길

바람은 길이 없다. 모든 빈 공간은 소리가 속도에 따라 다른 소릴 지르며 바람이 지날 길을 열어낸다. 빛의 길이기도 하다가 어둠의 길이기도 하다가 괴물 같은 빌딩이나 나무숲 사이로는 미끄러지듯 빠른 생각을 혼돈으로 고함을 지르며 그림자들을 놓아준다.

빌딩은 바람에 풀려나도 달아나지 못하고 숲은 색깔을 가끔 던져버리다 낙엽만 바람에 몸을 맡길 줄 안다.

닳은 흙이 먼지를 일으키며 구름이 되었다. 동북이 불면 사해를 건너 나의 좁은 방문 틈새로 들어와 바닥에 주저앉는다. 도로에 내려앉은 바람은 자동차 경적에 놀라 먼저 달아나며 길을 낸다.

흰 눈 펄펄 내린다. 별이 섞여 이 땅에 떨어진다.

해동무

두런두런 찬 바람 맞으며
함께 온 길
서녘으로 몰려가는 햇살이
흩어 놓은 찬란한 황혼빛,
간간이 섞인
잿빛 구름 바라보며

이젠
꼭 잡았던 손을 놓아야 하는
해동무

풀풀 불어오는 겨울 바람에
말라버릴까 내 손 꼭 움켜쥐고
돌아서서
아직 내 손아귀에 묻어 있는
너의 냄새를 맡는다.
안녕 해동무

대설주의보

호붓 하루만이라도
사람 다니는 길과
들짐승 기어다는 길
경계가 흰 눈으로 덮인 날
있을 것 같아
큰 눈이 내리는 날
저녁상 물린 저녁은
기쁨이 고요한 바람결처럼
나부낀다

콩깎지를 드문드문 섞은 여물솥
피어오르는 증기가
어두운 밤하늘에 퍼지더니
내가 잠든 새벽하늘
별빛 사이로
하얀 꽃송이 눈이 퍼붓는다

나보다 일찍 깬
누룩 황소가
내뿜는 입김이 눈과 어울리고
우리집 베리가
한마당 가득 밟은 발자국

흰 눈은 온마을 사람 다니는 길과
꽃사슴 뛰어올 들판의
경계선을 모두 지워
하늘에 닿은 앞산 산능성이와
하늘을 이어놓았다

여의도에서 이곳 차당실 마을까지
백지장 같은 흰 눈 이불로
가득 덮어놓았다

암호를 잃어버린 장마

이 지루한 장마에 씻겨내려 가지 않고 끈적거리며 달라붙는 코로나, 토착왜구, 반미, 노동투쟁, 세금, 실업, 집값, 미투, 적폐, 민주화, 음모, 눈에 보이지 않는 폭력과 상처, 상실해 가는 자유라는 상념들.

너덜너덜 헤어진 현대사의 누더기 사이로 빗물이 황토 빛으로 굼실굼실 밀려온다. 가슴이 답답하고 숨이 차다. 굶주림보다 더 나을 게 없는 이 차고 눅눅한 공간, 이 시대라는….

맑은 날 햇살 같이 말끔히 사라져버리면 좋을 만한 상처 받은 생존의 눅눅한 생채기. 핏방울 한 점 흘리지 않는 이 옥죄어오는 미명의 고통이 언제 우리 곁을 떠나리오.

상념의 파도처럼 밀려드는 장마 빗줄기, 이 가파른 세월의 능선을 언제나 넘어설까? 힘겨운 역사 행간에서 비굴하

리만큼 머릴 조아려 사대 화친해 온 이 땅에 사해를 호령할 힘이라도 생겼느냐?

　우리 스스로 파놓은 어두운 역사의 함정에 빠져 허우적거리다가 꿈에서 깨어난다.

아! 그리운 오탁번

까물치도록 사투리를 애껴 시에 자릴 앉히는 오탁번 시인의 요오 메칠 전에 출간된 시집 『비백』 곳곳에서 탁, 탁, 맥히는 충청도 사투리.

이 어른 일부로 사투리 애끼가면서 요 모퉁이 조 모퉁이에 종자씨 모종 흐트 뿌려 놓듯, 시 제목이 「노향림」인 시 작품 제일 끄트머리에 "노향림의 시를 읽으면/어뜨무러차!/짊어진 소금가마처럼/눈물이 다 나네" 노향림 시 한 편도 안 읽었어도 고만 눈물이 따라 날라카네.

"어뜨무러차" 요게 또 내 속을 확 까뒤집어 놓네. 명색이 평생 사투리 연구해서 밥 이어왔는데 사전에도 없고 네이버 검색하다가 죄 없는 오탁번 영감 왜 이래 애라분 단어를 시 속에 고명처럼 박아 넣었는지?

오탁번 시인의 시에는 진외가 외숙모집에 진자지미 밥

뜸 들이는 냄새에서 아직 벗어나지 못한 갈보리처럼 밟힌
마이너리티 촌티를 못 벗었는지 일부러 안 벗는지 매양
그 모습, 그 시가 그래서 아름답다.

벽 1

벽에 쌀알 눈이 총총 박혀 외계와 교신한다. 라디오를 통해 되돌아올 때는 리듬의 날개를 달고 눈을 탈출하여 귀로 회귀한다. 숨겨왔던 비밀이 벽돌 한 장 한 장 모래 시멘트 몰딩에 갇혀 있다가 천천히 부식되면서 세월이 일어서듯 부스러진 박피가 되어 흘러내린다. 그물의 탄탄한 조임이 조금씩 이완되고 풀려나면서 기억들이 부스러진 벽돌처럼 차단된 공간에 부유한다.

벽의 저 뒤편 눈과 입과 귀가 벽에 총총 박혀 있는 안쪽과 서로 다른 해석의 시간과 기억들이 이동할 수 있는 기회를 잃어버린 단절 속에 서로 다른 얼굴로 성장하며 부패해 가고 있다. 벽체는 블랙미러야. 이별과 만남은 끝없이 다시 되돌아올 화면이자 과거와 미래가 통과하는 터널의 부활을 꿈꾸는 페르소나다. 거부하지 말고 바람을 임신한 사실을 알려주기로 하고 디지털 속으로 사라진 애도의 프로그램에 아빠가 된다는 것은 기쁜 일이야. 벽은 존재의 부활이며 둥지의 현실과 과거의 항구이다.

부우웅 떠는 기선이 벽안에 가득 찬다.

벽 2

낡은 옛집 벽돌담 가지런하게 꼭 같은 모양의 사각벽돌로 분리된 공간은 저마다 다른 빛깔과 세월을 머금은 벽돌 하나하나 색조가 역사 기록처럼 다르다. 벽돌은 왜 사람 이름처럼 하나하나 이름이 존재치 않는가? 낡은 집 한 칸의 벽을 가로지르는 이름 없는 바람이 모여든다. 강렬한 아침 햇살을 동반한 바람은 자신의 궤적을 남기지 않고 이름 없는 바람끼리 이름 없는 벽돌과 몸을 섞는다. 언제 다시 풀어져 흩어질 모래알처럼.

낡은 집 앞뜰 이름 없는 나비가 날아들었던 자리 바람이 그 흔적을 지우며 노란색 바람이 되어 허리 잘록한 잠자리와 함께 배회하다 하늘 높이 날아간다.

벽돌은 움직이지 못해 이름이 없을 텐데 나비나 잠자리는 왜 이름 없이 날아가는 새들이 흩어놓은 울음 사라지기도 전에 낙엽을 실은 바람이 허공에서 회오리를 일으킨다.

"내 이름을 불러주시오."

길섶 이름 없는 나무와 풀들이 낡은 옛집의 벽을 세차게 흔들며 흩어지는 바람의 옷자락을 붙들고 외치고 있다. 나는 걷고 바람은 흩어지고 낡은 집 벽돌은 공간을 가로지르고 벽돌 틈새에 뿌리내린 민들레에게 잠시 들렀던 나비, 모두 무명의 존재들, 그들은 자신의 이름을 하나씩 가지고 싶어한다.

02.

와인 잔을 바라보는 시간

바다의 노래는 푸르다

아무리 파도가 밀어 닥쳐도
한 발자국도 밀려나지 않고
거품 입에 문 조약돌 고함소리
시퍼렇게 물든 아픔 가슴에 안고
한순간도 세로로 일어서려는
저항을 포기하지 않았다
내 운명 같은
가파른 역사의 능선에서
단 한순간도 그 거친 노역의 끈
놓지 않고

해안선을 향해
한 발자국도 다가오지 못한
심연의 거리
하늘의 조각달이 일그러진 채
저 험난한 해인의 바다 건너려

몰려오는 푸른 함성
모래알 같은 사람들의 절규에도
아랑곳하지 않는 바다의 노래

내 숨이 멎어도 네 노래는 영원히 푸르리라

겨울 꽃집에서

널 놓쳐버리고
숨 막히는 시간들
답답해 죽을 것만 같았어

세월의 바람 사이를 휘젓고
사라진 마지막 너의 모습
저녁 무렵 어둠 속
달빛처럼 희미하게 떠오르네

내 상심한 가슴
차디찬 마음의 풀밭 위에
올망졸망
꽃망울이 지워진 내 마음을
가득 채우네

썰물과 밀물

세로로 일어서려 몸부림치던 저 푸른 바다가 돌아서며 하이얗게 부서지며 풀썩 주저앉는다. 앉으려는 바람 사이로 다시 밀려오는 푸른 바다는 한시도 멈추지 않고 높이 솟구쳐 오르다가 주저앉는다.

저, 가열찬 열망의 크나큰 몸뚱아리는 흩어져 작은 포말로 부서졌다가 다시 본래 모습으로 되돌아가지만 이미 자신의 속내는 다 드러내보였다. 텅 빈 허무만큼 크나큰 열망은 한시도 멈추지 못하고 일어섰다가 주저앉는 것을 반복한다.

서녘의 낙조가 어둠을 먹을 무렵 그 찬란한 빛은 더욱 멀리 달려간다. 황혼을 잠재우기 위해 덮치는 어둠이 밀려올 무렵 바다는 점점 힘을 잃으며 살금살금 모래사장의 모래를 달랜다. 저 거칠게 몰고 왔던 물보라와 물거품의 노래는 조금 전 마지막 타 들어가던 낙조에 묻어버렸다.

숨 죽여 들어보면 썰물이 들려주는 바다의 연가는 달빛 묻어나는 속삭임되어 내 가슴으로 달려든다. 밤이 깊어갈수록 세로로 일어서려는 바다가 포효하는 잊지 못하는 그리움의 노래와 손을 잡고 있다.

썰물이 고요한 설레임이라면 밀물은 감당하기 어려운 격정이다. 밀물이 과거였다면 썰물은 미래였음을 시간이 제법 흐른 후에야 부엉이 눈을 뜬다.

그래서 사랑은 늘 안타깝다. 그래서 사랑은 늘 혹독하다. 그래서 사랑은 밀물이다가 저녁 달 뜰 무렵이면 썰물이 된다.

와인 잔을 바라보는 시간

대나무 대궁을 신대로 삼아 하늘로 오르자
자유는 비록 마음이 내민 손짓이긴 하지만

때를 놓치면 바람은 대나무 마디를 훑으며
저 멀리 달아나고 없지
술잔에 태운 까맣게 타버린 서녘
기울어진 달빛 더욱 찬란할 때가 있지

어디에서 날아온 눈물이 핑 도는 헛소문
꼭 껴안아 줜
손엔 주름이 잡히고
그 깊은 골 따라
흘러내리는 겨울비

그래서 이별은 눈빛이 먼저
별빛처럼 빛나는

눈물방울이 가쁜 숨
몰아치지

살아 있는 기준이
어디 있겠는가
죽고 산다는 경계의 몫
눈물 증발 속도보다
더 큰소리로 목 놓아
울어 본 적 있는가

사랑과 이별 그리고
이승과 저승의 경계
그곳에는 황홀한 저녁노을 재빨리
무덤으로 떨어지는
처량한 어둠의 고함이 들려온다

여우를 예찬한다

폭풍우치는 장맛비가 아닌
소리 소문 없이 봄비 내리는 날

빗발 가닥마다 옥구슬로 엮인 사연들
그 차디찬 봄비는
겨울에서 여름으로 가는
다리를 놓아주는 개울물

돌에 이리저리 부딪치며 깨어지는 빛발 같은
투명한 물방울
그 속에 어리어 있는
털빛 은은한 잿빛 여우
촉촉하게 봄비에 젖은 검은 코
여우는 함부로 몸을 움직이지 않는다.

눈빛 또한 아주 천천히

적절한 속도로 주위를 살핀다
봄비에 젖은 은빛 털은 단 한 가닥도
엉겨붙도록 내버려두지 않는다
여우같은 여자를 사랑하는 이유는
여우는 아무 곳에나 발 딛지
않는 고결함이 있기 때문이다

너도 언젠가 여우같은 여자가 되어 본 적이 있는가?

지금의 사랑이 사랑이다

너는 불어오는 바람이 차가운 것만 알겠지만
남루한 옷 텅 빈 가슴으로 마주하는
바람이 얼마나 매서운지
알 길 없으리라

이 소란한 도시에 고립된
우리가 맞는 바람이
얼마나 외로운 건지
차가운 바람이 변주하는 현존의 시간

너는 내가 되고
내가 네가 되는
짧은 한순간만이라도
변신하는 세월의 바람을

사랑하는

지금의 사랑만이 사랑임을

고립된 현존하는 시간은 늘 헐벗고 남루한 사랑이다

낙화

바람 따라
온갖 사람의 시선을 끌던
찬란한 시간
왈츠 선율에 몸을 맡긴
떨어져 내리는 꽃비

너는 저 낙화하는 꽃처럼
단 한순간만이라도
불길 같은 사랑을 해본 적이 있는가

유유히 떨어지는
저토록 여유로운 포기를
언젠가 네 생애를 저처럼
순순히 끈을 놓고

왈츠곡에 맞추어 떨어진 적이 있는가

하늘 반짝이며 비치는

저 산능성에 곤두박질 칠 열정이 있는가
낙화
떨어졌다가
다시 피는 향연은
바람에 몸을 던질 수 있는
열정이 있어 가능하다만

넌 이 세상의 모든 인연들을

통도사 대웅전 곁에
붉게 달아 오른 홍매화처럼
찬란하게 사랑해 본 적이 있는가

다한 인연과 사랑이
다시 개화하는 윤회의
쳇바퀴에 올라탄
중생의 눈에 어리는 저 찬란한
염화시중의 꽃 바다에
온 몸을 풍덩 던져 보거라

그는 붉게 피어오르는 홍매화 꽃잎처럼
사랑하는 조국의 산하에
영원히 지워지지 않는

붉은 사랑의 메아리를

남루한 우리들의 생명 언제
단 한순간만이라도 꽃이 될 수 있는
외로운 그 길
그는 먼저 날아올랐다

넥타이처럼 풀어진 백련암
오르막 길섶 꽃들의
향연 가득하리라

무당벌레

검은 각질 동그란 몸
붉은 점이 점점이
박혀 있는 화려하다 못해
앙증한 벌레
뒤돌아선 여인의 뒷모습이다

성격이 순하여 어지간히
찝쩍거려도 날아가지 않고
제 마음 따라 멀리 날지 못한다
그 단순 화사한 벌레 이름이 왜

무당벌렐까?

울긋불긋 옷차림으로
하늘을 동동 뛰어 오르는
신줄을 잡고 있는 무당

저 자그마한 무당 신줄을 타고
날아다니는 무당벌레

그 무녀의 예지를
머리 크기에 비해 조그마한
두 눈과 더듬이 안테나
이 땅과 저 푸른 하늘을 이어주는

영험한 예언력이 있을까?

꼬물꼬물 기어가다가
내키면 푸른 하늘이 쏟아지는
허공으로 흔적 없이
사라진 텅 빈 망막에
낮달이 희미하게 떠 있다

연어

산란기 연어는 죽음을 불사하고
거친 강물을 거슬러오른다
강 상류엔 푸르디 푸른 사랑
잔잔한 음성이
물결에 풀어져 있기 때문이다.
숭고함은 늘 엄청난 고통과 함께 존재한다.

역류의 물길을 타며 지친 연어
투명한 몸부림치며
눈빛이
산화한 푸른 빛에 가까워질 때,

비로소

뱃속 가득 품었던 알을
요동치는 강물에 풀어놓는다.

오랜 기다림 뒤에 투명한 생명은

푸른 바다색으로 돌아간다

낯선 풍경

바닷가 자전거와 풍차
그 사이 잃어버린 시간
놓쳐버린 바람
각기 다른 속도의 끈을 잡고
농도 높은 땀에 젖은 가슴
그 사이로 달려온 바닷가 풍경

침실에 놓아둔 흩어진 문장과
배경이 된 물상
그 숨찬 소리가 그려낸 그리움에
지친
파도는 추억을 부셔내리며
노래를 그려낸다

그 속엔 노란 우산 하나가
바람에 흔들리고

아무 흔적도 남아 있지 않다

낯선 바닷가 풍경은

푸른 바람뿐이다

잠자리와 바람

바람의 살갗은 풍향의 속도에 따라 달라진다. 가파른 능선에서 미끄러져 내릴 때 바람을 타는 잠자리의 몸매는 더욱 홀쭉한 붉은 빛을 띠며 비행하는 다른 부유물보다 형체가 또렷해진다.

값비싼 언어의 수사 틈새에 밀려드는 한껏 푹 삭은 인분 냄새가 겨울의 문짝을 연다. 들판 지푸라기와 검은 비닐봉지가 잠자리처럼 활강한다.

03.

썰물과 밀물

검은역사, 파란역사

철학은 절학(絕學)이, 문학은 망학(忘學)이 역사는 허구
(虛構)로 꾸며진 인문학 망국학(忘國學)이 된 야만의 세상.
빨간역사, 붉은역사.

역사 팔이는 잘 되는데 문학 글 팔이는 안 된다. 시집
내려면 출판사에 제작비를 줘야 겨우 시집을 낼 수 있는데
눈에 불을 켜서 시집 몇 권 내면 그 때부터 몰려다니며
온갖 패거리 작당에 권력집단에 기웃, 사상집단에 기웃거
리며 때로는 완장 차고 프로파간다 시인(屍人)행세를 한다.
공상소설 같은 역사책 한 권 잘 쓰면 확실히 보장되는 세
상, 철학을 절학이 되고 문학은 망학인 세상, 문사철의 균
형이 무너지고 과잉 역사주의 엉터리 역사가 너무 판을
치고 있다.

올해 전국 대부분의 대학 절학과 궁둥과 영사과 모조리
텅텅 비고 교주들은 퇴출의 절벽 모서리에 벌벌 떨고 있다
고 한다.

부재의 존재

상상하고
재구성하여
언어로 지난 기억과 반기억을
꾸며내어
역사로 생성할 줄 아는 존재
인간, 그는 늘 외롭다

후여! 오늘 봄 내쫓으려 나한전에 달려간다

봄이 오기는 또 오는구나
지난 봄 고담의 대구
신천지, 코로나로 외지게 몰아치더니
다시 찾아온 봄
고립에서 겨우 숨 돌려보아도
아직 코로나는
벚꽃 눈송이처럼 하늘 풀풀 날고
개나리꽃빛 황사바람에
팔공산이 멀찍하게 달아나 있구나
이빨 사이에 낀 질긴 고기힘줄 같은
썩어문드러진 현대사의 주역들
화염병 불빛 옮아 붙은 진달래꽃
촛불 치켜들었던 흥분으로 엮어내는 짓들이
왜 이리 원망스럽니
왜 이리 분노스럽게 괴롭히니
몸서리치는 이 고역의 봄빛, 봄바람

모든 죄가 내 탓이라

오백나한전에 어서 이 고난의 시간
빨리 지나가라고 빌러 간다.

낡아가는 세월

세월이 멀어져 가면서
세상 소리
나도 모르는 사이에
서나서나 지워내렸네

마알간 겨울 하늘 유난히 푸른 건
봄이 오는 소리길
그 창창한 하늘 길 닦아
붉은 꽃잎 일렁거리며
천천히 다가오라고

철 지난 시간의 문 활짝 열고
나도 모르는 사이
찾아든 사랑하는 당신의
목소리 다시 오라며
겨울 하늘처럼 멀리서 손짓하네

오늘 세월의 소리에 눈이 멀어
세기보청기를 맞추었어요

설야

눈이 온다
한 밤이 처연하게
갑갑하던 숨을 고르게 펼친다
눈발 사이로 달려오는
바람이 눈 치맛자락처럼
펄럭이면
내 마음도 따라 춤을 춘다

잠 이룰 수 없는 기쁜 기별
날이 붐해지면
아이와 마당에 나가
밤새도록 뿌려놓은
눈바람을 뭉쳐 내 아이
닮은 눈사람 만들려는
꿈에 설레인다

겨울이 지나면

정의는 깃털 바람에 부유하네
진실은 입 막고 부끄러워 얼굴 감추니
온 동네 뭇개가 한 마리 울부짖어
골골이 한 골짝 가득 차면
다음 골로 따라 우네
허공 향해 늑대처럼 울부짖는
골 안 까마귀 떼
정의도 진실도 다 잡아먹고
잿빛 하늘 피 흘리며
서녘 검은 구름에 잠기네
캄캄한 이 밤 또 언제 다시
아침이 오려나

부끄러운 낯빛

세속으로 가는 길 마음으로 접으니
눈에는 청산이고 귀에는 새소리
갈 길 머잖으니 낯빛이 부끄래라
세상 둘러보느라 할 말이 줄고

평생 끌려 다녔던 학문도
세상처럼 어긋나니
먼지 낀 안경 씻을 청강이 어디 있을까
먼 발치 겨울비 추근대니
고인 빗물 꽃빛 어른거리네

낙엽진 숲 해는 더욱 짧아지고
몰려오는 잠을 밀어내는
빗소리 바람 내음
어찌 저리 소란한가
부끄러운 낯을 두 손으로 부비며
잠을 청하네

마이산

저 멀리
그대 기도하는 두 손
세월을 움켜
아련한 그리움이

달리는 차창에 부딪쳐
밤하늘 별이 되리
지난 시간의 거리만큼
자꾸 뒷걸음 친 자리엔
흰 눈이 펄펄 날리듯
봄 송홧가루 자욱하게 피어오르듯

그해의 겨울과 봄 사이
마이산 기슭 돌탑에
돌 하나 주워 쌓았던
사랑의 돌탑은
세월을 지키며 있겠지

외로운 날

둘이어서 더 외로운 날
한 쪽으로
긴 당신의 머리카락이
쏠리며 날리어
주머니에 잡았던 손
땀방울이 증발되면서

기억들마저
머리카락 사이로 스며들었다
어제는 떠나보내지 않았으나 늘 떠나보내고

오늘을 살아
허상과 같은 존재의
그림자가 머리카락
흩어지는 올처럼

떨어진 순간 다가가면
그대는 더는 나무가 아니니까
바람에 한켠으로 쏠리는
나뭇가지와 잎으로
떨어진 낙엽으로

살아야지

남겨진 것들
버티는 것들

어쩌면

그래서 온전한 것들

저승에서 전태일이가 웃었다

계급투쟁 문학론을 가열차게 외치던 팔봉 김기진이라는 작자가 함께 카프를 결성했던 이상화도 내려치고 박영희도 짓밟으며 권력에 빌붙어 친일파 대열에 들어섰다. 계급투쟁 문학가들 일부는 북으로 가서 대부분 프로파간다로 전락했다가 1957~58년 사이에 숙청당하여 소멸되었다. 광복 후 이 나라에 내로라는 비평가들이 친일파로 전향한 팔봉비평가 상을 받아 챙기며 1960년대 참여문학론을 옹호하며 반역의 나팔수 대열에 들어섰다. 앞과 뒤가 가지런하지 않은 인생을 살았던 문인들의 신의와 믿음이 쪽박 깨어지듯 깨박살 났다. 요사이 다시 계급과 계층의 맞불작전에 가맹한 사상문인들이 쥐죽은 듯 고요하다. 진짜 노동자들의 삶이 윤택한 시대가 와야 하는데 도리어 쥐어짜대니 삶이 더욱 팍팍하여 일리를 잃어버린 이가 홧김에 소주에 취해 오줌을 바지에 싼 채 나뒹굴고 있다. 아릿하다. 때 아닌 전태일 열풍이 바람을 타고 있다. 세상이 참 요지경이다. 머리에 든 먹물로 세상을 뒤집을 수가 있을까? 천만에 저승에서 태일이가 웃겠다.

한치 앞이 보이지 않는다

창밖 어디쯤까지
산불에 그을린 어느 산능선까지
검은 봄의 치맛자락이 드리워졌을까

피병을 하느라
모인 나와 아내와 어린 손녀
꽉 닫힌 세상의 문이 되어준
철없는 어린 손녀의 웃음
적막함에도 세상으로 향한 여린
여닫이문이 있네

가슴에서 들끓어 오르던
온갖 분노가 타다 만 산불처럼
검게 그을린 외딴 산촌 마을의
아낙네가 가리키는 손끝엔
아지랑이만 검게 피어오르건만

어둠을 피해 잠 잘 집은

까맣게 타오른 흔적뿐이다

봄이 손에 잡히듯

부드러운 가슴으로 산 넘어 외딴
마을
그리움 되어
어린 손녀의 오묘한 표정을 읽다가
나도 모르게 웃는 웃음이

현존하는 기표이다
피병을 위해 모인 세 가족에게
보내는 봄소식이다

곧 피어날 개나리꽃 옷차림으로
손녀와 아내가
저 불에 그을린 산속 마을에서
빠져 나오는 낮꿈에서 깬다

집문 밖 어디까지

개나리 꽃 피는 봄이 왔는가?
길 건너 살던 차당실댁, 연당댁
텅 빈 마을
모두 오지 않은 봄맞이 가셨는가?
화기에 병마가 그을려
저 하늘 높이 사라지거라

코로나 재택치료 중에 꾼 한낮의 꿈

점과 선

검은 선과 획 얽어져
오랜 시간과 공간을 구조한다
그 깊은 속
유유히 흐르는 기억
욕망이기도 하다

검은 선이 이어 만든 동그라미
백색 진주 하얗게 틀어박혀
의미를 변별해 주는
쌀낱 같은 상징이 여문다
그래서 글자는
바람 같은 검은 풍경을
늘 안고 쏘다닌다

새벽 항구에서

내 시간이 하얗게 부수어지는
해변 모래사장
푸른 파도가 휩쓸어낸
사상의 항구에서
해마다 진화를 꿈꾸어온
바닷가 해당화

항구의 바다는
내일 다시
해당화꽃 붉은 눈을 뜬다

새벽은 푸른 파도가 일으킨
하이얀 백색 도화지이다

주문진

동해 바닷가 사치스러이 옆구리에 끼고 갔던 신화학개론 책갈피 소금기에 절은 고깃비린내로 무겁다. 내 머리도 바닷바람처럼 억세고 악센트가 높은 이북 출신 뱃사람 말소리도 통통거리는 윤선처럼 검은 연기를 퐁퐁 내뿜으며 달린다. 말소리는 알아들을 수 없지만 흰 이빨 드러내고 웃는 주름이 굵고 깊은 노인 어부. 생선눈처럼 동그랗고 붉은 핏기가 엉겨있는 그들의 구어는 국어문법책 질서를 따르지 않고 어망의 실타래같이 뭉쳐 얽혀 있다. 수준 높은 대학교 교양책 근방에도 닿지 않는 토박이의 생생한 바닷말씨.

한바다 선창에 펄펄 뛰는 힘 찬 것, 여태 내가 배우고 가르친 이 세상 외딴 지식들이 이곳에서는 무용지물이라는 허망함을 깨우친다. 생선의 반짝이는 은빛 비늘 무늬옷 입은 건강한 인정으로 굳은살 박힌 손으로 듬뿍 집어주는 생선 횟거리 바구니 껴안고 생선공판장 너머 바다 바라보니 이미 중천에 떠오른 태양이 생선잡이 윤선처럼 달려온다.

오늘 한 평생 책으로만 익혀왔던 내 지식, 다 내려두고 갑판에 앉아 금방 손질한 생선회에 소주잔으로 묵은때를 씻어 내린다. 고요하던 바다는 쉼없이 달려와 하늘로 치솟으려 일어선다. 순결하게 살아온 뱃사람들이 부럽다.

외젠 포티에의 인터네이셔널가의 변주

성산포 바다

성산포는 하늘이
보내준 꿈의 궁전이다.
한 순간도 멈추지 않고
세로로 일어서려는

바다가 일으켜 세운
파도가 밤하늘 은하수로 흐른다.

새벽녘 무렵
황금의 허리띠가 된 이부자리
멀리 고기잡이배들의 불빛
휘황찬란하게 수놓은
축제의 침실이다.

수밀도 향기로운 가슴
아침 이슬이 맺도록 달려오라

이곳에는 끝없이 흐르는
환희의 신들이
그대들을 껴안아 줄 것이다.

싱싱한 파도소리가 귓가에 있고
영원히 지워지지 않을 꿈
영글게 해줄
원시적인 아침 햇살이
하루도 쉬지 않고
바람과 함께 찾아오는
성전이다.

허공에 별이 쏟아져 내려
－이재행 시인을 생각하며

외상술 마시지 않을 만큼

지폐 몇 장 손에 쥐이는 날이면

깎지 않은 콧수염이 바람에 펄펄 날릴 만큼

신나고 흥분되어 큰소리 칠

연약하고 미약한 존재의 늪

그 깊은 수렁은 제가 먼저 파헤친다

상갓집 찾아가면 손쉽게 하루 여비를

손에 쥘 수 있는 줄

그는 습관적으로 알고 있다

인심 넉넉한 부잣집 상가에서

도시락까지 챙겨 수건에 질끈 묶어

퇴근길 어귀 포장마차에

내가 올 때까진 안주도 없이 생소주

마시다

내가 나타나면 큰소리로

아나고 한 사라 하고

꼼장어 한 접시
땅땅하게 큰소리로 시킨다
오늘 이정우 신부 상가에 간다고
3만원 꿔 갔던 돈
큰소리로 이 형 고맙소
내민 손에 퍼런 만원짜리
밤바람에 푸드득
살아 하늘로 날아오를 것 같다
내가 그 돈 안 받을 거라는 계산까지 한
재행이 그날은 신바람 잡는 날
소주에 취해 맥주 입가심하려는 날이면
꼭 예쁜 주모가 있는 대폿집으로
휘적휘적 나보다 앞서 간다
그러더니 어느 날
나보다 먼저 저 높은 푸른 하늘로 떠났다
한 번도 세상 탓 않고

단지 깊은 밤 단칸방

여섯 식구 얽혀 잠들다가

아내 옆구리 쿡 찌르면

코를 기리며 잠든 줄 알았던

어매 잔기침 쿨럭이고

꼬물짝 하면

큰지집아 몸을 돌려

돌아누우면서 신음소리를 지른다

부엌에 맨발로 나와 담배 한 대

길게 빨면

어두운 밤하늘에 별들이

물결치며 내려앉는 그러한 밤이

왜 그렇게 길었는지 한숨 쉬며

그리고는 재행이는 술에 취해 운다

가을밤에도 기나긴 겨울밤에도

그렇게 울다가 떠났다.

섬

소리 높여 달려올수록
더욱 적적해지고
세로로 일어선 파도
발끝 때릴수록
더욱 작아 보이는
그 외로운 섬
우듬지로 몰려든 쇄살볕이
뽀지락거리는 깊은 밤

아무 소식도 배달되지 않는
늘 푸른 바다
검은 젖꼭지 같은
섬이 움직이지 않고 떠가고 있다
아무리 불러도 닿지 않는
당신의 목소리
숨 가쁜 책갈피

닫혔다 펴졌다 끝없는 반복

물거품같이 일어나는

검은 활자들이 일으키는 파도는

무수한 섬을 낳는다

하늘로부터 쏟아내는

허무의 쇄살별의 섬

김선이 농업 샘

용문 회룡 물굽이 휘돌아 여름 장마가 불려놓은 황톳물
이 차차 맑아질 무렵 밤이 짙어지니 낙동강 별빛 가득 흘러
간다. 예천 용문중학교 김선이 농업 샘, 학교 길 따라 난
강둑길을 얼마나 걸었을까, 하늘 초롱초롱 별빛 밤하늘,
넘실넘실 젖어가는 강물에 별 말도 없이, 선이야, 강물이
우리 발끝까지 차오르면, 일어서서 뒤돌아보지 말고 우리
갈 길로 되돌아가자

꼭 잡은 손에 땀에 짧지 않은 추억들 다 녹아 점점 맑게
차오르는 강물에 함께 실어 보냈다. 세월이 흘러 긴 장마가
어느 날 쨍쨍 햇살타고 빗줄기 발문을 연 날, 무작정 보고
싶은 선이 선생을 찾아 버스를 타고 내린 마을 용문중학교

얼마 전 예천에 갔다가 아내와 함께 돌아오는 길 옛날
기억과 너무나 달라진 용문중학교 곁을 지나가다가 눈물
이 핑 돌았다. 자동차 유리에 쏟아지는 별빛들 사랑 때문이

아닌 그리움 때문이리라. 전투하듯 살아온 내 삶에 잊어버린 소중한 추억이 블로그처럼 와르르 무너진 허무 황톳빛 물이 점점 가라앉는 강물 바닥에 폭포처럼 낙하하는 별빛에 새겨진 그리움의 낡아빠진 지도. 김선이, 농업 선생님 잘 웃는 중 2학년 2반 담임

실존

실비가 뿌리는 강가에
거처하던 방이
팔랭드롬이었나
나가니 문이 다시 열리고
다시 들어가면 닫치니
강물로 이어진 방일까
사랑이 머물더니 거처하던
공간의 위치를 잃어 버렸다

회문을 드나든
긴 시간을 버팅겨 주었던
당신을 설명하려니
늘 마음 편치 않다
왜인지는 말할 수 없다
다만 어떻게 의미를 새겨야 할지
지금 생각해보니

회전문이 문장을 다 부숴버렸다
강은 고요히 숨을 죽이고
어제의 시간으로 흐를 뿐이다

"네이버 메일 앱에서 보냈습니다."

수학여행 기념 촬영

사진사 검은 보자기 뒤집어쓰고
한 손 하늘 높이 쳐들며
우리들 눈 길 한 속으로 모으려 했지만
장난꾸러기 아이들 조잘거리는 소리는
하늘 높이 비둘기되어 날아갔다
하늘의 유성이 제각기 흐르듯

60년이 지난 빛바랜 불국사
술나무 가지 사이로
흑백의 명암으로 달려 나온다
폭포처럼 검은 추억이 쏟아진다
소버짐 마른버짐 사진의 얼룩으로
덧칠해진 애처로운 가난이
땟자국처럼 밀려 나온다.

일상

이게 뭔가?
연결되지 않는 시간
뒤엉킨 공간
누가 날 덜 당황하게
만들어 줄 수는 없을까
이런 반복된 내 생각은
자꾸 불어났다

포개진 시간

예쁜 그릇 정갈하게 포개어 두면 안정감이 있다. 5.18 민주항쟁 때 폭도로 내몰렸던 시민들. 죽은 그들의 영혼을 닥달하며 군인들은 훈장을 받았다. 다시 쓴 역사 폭도로 내몰렸던 이들도 그들에 휩싸여 훈장을 받는다.

두 종류의 훈장이 포개어진 찬장이 아슬아슬하다. 달리는 전철에 불을 질러 생때같은 억울한 죽음. 세월호 전복사고로 죽은 나이 어린 학생들의 사뭇 다른 죽음들이 서로 포개어질 수 있다.

역사가 기록될 때마다 위치가 달라진다.

세월이 흐를 때마다 뒤틀려진 시간

죽음 역시 종류가 사뭇 다른 것인가

지하철

바쁜 발걸음이 그 숱한 사연들처럼
일시 졸고 있는 전철 안
그저 몸과 바쁜 생각들과 슬픔 사이를
번지는 김치냄새
몸만 실려 갈 뿐이다.

터널을 빠져 나오자
창밖에 내리던 눈발이 차창에 부딪혀
눈물처럼 줄줄 흘러내린다
두 줄 나란히 흘러내린다
녹아서 사라진 눈 위에
흰 꽃이 되어 달려든다

매일 떠났다 되돌아오는 사랑

새벽이 되었고 사람은 떠나고 그러나 그 길 운명처럼 따라 걸었다. 그 떠나고 없는 길이 진실한 사람이었음을 사랑하라고 말해놓고 모든 사랑을 슬픔 속에 밀어 넣는 그 허무가 바로 진실한 사랑임을

우리 함께 사는 이 땅 누가 매일 새벽을 만들어 그 문을 열어줄까? 그 허무를 안겨주는 당신이 바로 진실한 사람임을

눈물

사마르칸트에서는 눈물이 증발하는 속도가 유난히 빠르다. 건조한 사막의 열기 미금은 달빛 젖은 바람은 슬픔이나 아픔도 함께 빠른 속도로 속 깊은 황혼 속으로 묻어버린다. 달 뜨는 저녁 풀밭에는 더욱 현란한 몸짓으로 풀들은 자신의 몸에 묻은 수분을 털어낸다. 내 눈동자 깊이 박혔던 다이아몬드 눈물도 함께 증발시키는 바람과 동행한다.

사마르칸트의 밤은 더욱 밝다.

모래사막 달빛 흔드는 여우의 움을 소리에 모랫속 몸 숨겼던 붉은 뱀이 이슬을 핥으며 눈을 뜬다. 밤 깊어갈수록 하늘은 더욱 푸르고 옛 기억조차 흰 달빛 소리를 내면서 유성이 되어 사막 한가운데로 떨어진다. 사막 모래가 생성된 원인은 눈물과 달빛이 엉긴 축적물이다. 눈물의 숫자는 사마르칸트 모래가 울어대는 노래 소리와 같다.

사마르칸트

금빛 달의 무게로
잠시도 머물지 않고
쏠려왔다 지나가는
바람

금빛 대월지 옛 훈족의
말발굽소리
저 멀리 동녘 신라에
이어져 있다

유난히 푸른 동해의 물빛
금빛 달이 허공에서
바람 흔들리듯
파르르 떨리고 있다.

선원리 진외가

여기가 어디냐고요? 경상북도 영천시 임고면 선원마을 황망한 세월에 무너져가는 고택 유적들입니다. 어린 시절 할머니 손을 잡고 따박따박 걸었던 진외가 마을입니다. 어린 시절 얼핏 들었던 월북한 정희준이라는 홍익대 교수였던 국문학자가 살았다는 이야기를 잊지 못하고 있습니다. 방학이 되어 서울 유학 갔던 오빠가 고향으로 되돌아오면 반가워하면서도 겸연쩍어 부엌문 틈으로 내다보던 철없는 시골 여동생을 소재로 한 싯귀절이 봄바람에 실려 밀려옵니다. 강남 갔던 제비도 돌아오는데 이미 멀리 떠난 이들은 돌아오지 않고 어느덧 내 나이도 서산에 뉘엿뉘엿 저물어 갑니다. 성질이 아주 억세었던 선원댁 할매, 우리 할매 처녀 시절 나물 캐며 뛰어놀았던 진외가 선원마을에 오늘 들렀습니다. 지난날이 그리워 눈물이 납니다.

그리운 어머니

기억도 그리움도
추억도 슬픔도
모두 삐끄러져 어디 쏟아버렸는지

이게 옳은지 저게 맞는지
생각도 덜 끝났는데
어딜 그래 바삐 숨어버렸네

게우 생각해낸
엄마 뽀글뽀글 첫 파마했던 날
검붉은 공단 저고리에
내려앉았던
금실 공작새가 포로로
앞산으로 날라갔다

기억 지워지듯

그 예쁘던 30대 엄마

얼굴이 눈처럼 사라졌다.

한글

    뭉툭한 한글, 가난해진 한글, 정겹기보다 차가운 맛이
번져 있는 한글의 울림. 2021년 추운 하늘

제주4.3평화공원에서

늙은 억새가 칙칙한 잿빛 머리로 물들인 채
빗겨 부는 바람에 성성한 머리카락
뽑아 날려버린 속대는 더욱 격렬하게
몸 부대끼며 겨울바람과 함께
검게 물든 제주 바다로 몰려가고 있다.
그래서 제주 바다는 세로로 일어서려
몸을 비틀며 더욱 난파선처럼 흔들리고

이육사

까탈스러운 정갈함
포도는 흰 접시에 담겨서
비로소 결이 삭는다
홍건하게 퍼지는
너의 살갗에서 흐르는
투명한 녹색의 맛
하이얀 보자기로
덮은 포도 은빛 접시
대구형무소 264
포크와 나이프가
가지런하게 놓인 늦여름
흰빛 파도가 일어서는
해안선 연기를 퐁퐁 일으키며
까탈스럽고 정갈한 당신

여진의 피는 더욱 붉다고 했다

이용악이 끄는 소금토리가 눈 위에 낸 길을
돌아보면 흰 눈이 금방 지워버리던 날
시로(弓)를 맨 여진 아낙이 피를 쏟으며
해산한 자리에
김이 모락모락 오르는
사내아이 울음소리가 터져 나왔다
만주벌판을 쩌렁쩌렁 울리는 울음소리
풍각 장터까지 들려 왔다
전설의 시작은 이렇게 머리를 들었다

이미 닳아서 인연이 다해가고

해도 가울어지고 달빛에서 점점 멀어져 가는 별빛 조는데
솔숲 스치는 바람소리 넋 잃은 듯 잦아지는 숨길
저녁연기 낮게 퍼지는 기억 속의 차당실 마을
바람과 개울물 흐름에 실려 다 지나가버렸다
사람 발길이 뜸한 길목 무성하게 자란 풀들이 말랐다
다시 그 자리에

외젠 포티에의 인터내셔널가 변주

이 우울하고 암담한 시대
자유의 깃발을
날리기에

낡아빠진 쇠사슬로는
시작도 하기 전에
깃대는 으스러지리라

쌓여진
처절한 부패의 굴레를
벗어던질
고난의 행군을 시작하자

우리 모두 함께

아름다움

이글거리는 태양을 쳐다보지 못해
검은 셀로판지를 통해 보는
그 아름다운 붉은 빛은
앞으로 더 견딜 수 없는
두려움의 출발선이었을까?

눈이 어두워져
앞과 뒤 그리고 좌와 우
의 소리가 들리지 않는
깜깜한 칠흑의 죽음의 밭에
우두커니 서 있었다

다섯 살 먹은 손녀가
아침을 들면서
엄마에게
잠 자다가

높은 데에서 아주 높은
캄캄한 하늘에서
뚝 떨어져 생일 케이크에
발이 빠졌다고

응, 키가 크려고 꾼 꿈이야
아름다운 곳은 캄캄하고
조용해서 귀도 멀고 눈도 멀게 된단다
사라져가는 아름다움은
지난날의 일은 절대로
다시 떠올리지 않아

들을 수도 없고 볼 수도 없으니
꿈을 꾸는 것은
아름다운 지난날과 꼭 닮은 내일이 있어

이젠 자꾸 떨어져

1미터 75센티미터로 자라면

여자 농구선수가 될래.

산다는 일

　엄숙하게 산다는 일로 인해 물불을 가리지 않고 시간을 밀어내어 과거로 보냈다. 기억은 멀어질수록 지워진 기억이 남아 있을수록 절망도 부재한 더욱 아름다운 현재.

　과거와 현재와 미래에도 존재하지 않았던 희망을 바라보며 기다리는 빨리 지는 겨울 해처럼 달려온 그레이하운드 고속버스 안내양. 잭 케루악의 「노상에서」의 주인공 딘 모리아티를 빼박은 그녀는 지금 어디서 어떻게 살고 있을까? 잊어버리지 못한 일로 하여금 아무런 셈법도 없이 혼자 뒤척이며 중얼거리다 흐르는 눈물이 짙은 안개 속을 빠져 나오는 강남고속터미널 버스 불빛이 비치는 명암의 표적들. 나를 처음 수도 서울 강남버스터미널로 실어다 준 딘 모리아티의 그 여인의 모습.

　나의 고3말 무렵의 성인식은 그레이하운드 고속버스 차창에 쏜살처럼 넘어왔다. 버스운전수가 되고 싶었던 적이 있다. 늘 저토록 찬란한 여인과 몸과 마음을 싣고 달리는 흥건한 생각과 마음은 후끈 달아올랐다.

　동해 푸른 바다가 차창을 넘어 밀어닥쳤다.

슬리퍼 신고 외출하고

추리닝 바람으로 아르바이트를 하다 컵라면으로 허기를
잘라내는 구두와는 불연속인 멋진 외출복 한 벌 없는 다
태워버린 함박스테이크 검은 냄새 풍기는 내가 이 세상의
기준이다. 매일 쏟아내도 끝없이 분출하는 분노와 혼동이
거주하는 나의 외로운 골방과 연결된 시가지 바깥 골목
재빨리 달아나다 얼굴을 획 돌리며 바라보는 고양이 눈과
마주친 내 눈빛, 예의도 사랑도 다 망가진 배반의 유배지를
언제까지 슬리퍼를 신고 외출해야 하나? 니네들은 모두
과거의 나의 모습이고 나의 딸과 아들이었다. 도둑같이 텅
빈 영혼만 가진 나그네였다. 하루만 굶어도 걸신들린 듯
검게 탄 함박스테이크 조각을 손가락으로 우겨넣는 입만
가진 니힐리스트였다.

표현의 자유 대신 가난을 선택한 사람, 시인

이상규(시인)

시인의 슬픔은 푸른 샘물 빛

문태준 시인 "시월에는/물드는 잎사귀마다 음색이 있어요"라는 표현에 어느 누구도 거짓이라고 검찰로 가자고 시비 걸려는 사람이 없다. 언어를 마법처럼 주무르는 권능 대신에 시인은 혹독하게 가난하게 살아야 하는 버림받은 운명이다.

사실 요사이 시작(詩作)을 직업으로 삼는 사람들 왜 이렇게 많은지 이해할 수 없다. 시인은 직업인이 아니며 시를 짓는 일은 돈을 버는 직업과는 전혀 다른 길이다.

상상과 글쓰기라는 자유로움을 얻는데 왜 그들에게 삶

의 보장까지 해줘야 하나? 문인(文人)등록증을 가지면 국가가 창작지원금을 준다니까 시인(屎人)이라는 완장을 차고 문학의 본질을 벗어나 정권의 프로파겐다가 되어 찔락거리며 설치는 이들을 많이 본다. 베짱이와 일개미 모두에게 먹을거리를 공짜로 준다면 누가 일개미처럼 일하려 할까? 나무숲에 들어가 화음에 어울리지 않는 울음이나 울지!

인생에서 자유와 부를 함께 가지면 좋겠지만 그러기는 매우 힘든다. 시인은 아무나 하는 게 아니고 해서도 안 된다. 시인학교 3달 교육받고 자비 시집 한 권 묶어내면 문인입네, 모자 삐뚤게 쓰고 세상을 조롱하는 엉터리 시(屎)를 쓰는 시인이 가득 찬 죽은 사회는 똥바다이다, 예술이 똥바단가?

한 세기에 한 명이 나타날까 말까? 철학과 역사 그리고 인간의 가치를 고양하는 선지자의 탄생을 기대한다. 똥바다를 청정한 물이 고인 깊은 샘으로 만들어 외로운 돛배타고 유유히 자유를 낚아 올리는 가난한 시인이 이 나라의 문단을 지켜야 하지 않을까? 비통한 은유가 깊은 땅속에서 솟아오르는 이끼 낀 샘에 하늘이 일렁거린다. 시인의 슬픔이 푸른 샘물 빛이다. 시인은 늦게 도착한 편지처럼 늘 쓸쓸한 모습으로 푸른 샘물처럼 맑은 물을 길어 올리는 은유의 노동자이다.

시의 본래 고향은 노래이다

음악성을 잃어버린 시는 이미 시가 아니다. 시어의 은유
와 초월적인 시문법에 대한 실험 시들이 너무나 많이 쏟아
져 나온다. 마치 신들린 주술사가 자동기술적으로 내뱉는
무가라 할까 아니면 무술사라 할까? 너무 난해하고 어렵
다. 한 편의 시가 하늘의 세계로 유영하는 판타지라면 즐거
움이나 놀라움이라도 받을 수 있으련만.

리듬을 잃고 음유가 단절된 목걸이와 같은 시문법으로
구성된 시가 주종을 이루고 있다. 원래 시는 까마득한 원시
시대 인류의 조상들이 발을 동동 굴리며 손뼉을 치고 몸을
뒤흔들고 뱅글뱅글 돌며 주술에 취한 듯 경탄하며 소리
외치는 하늘의 노래이다. 한국 현대시사에서 청록파나 김
소월, 서정주의 시와 같이 훌륭한 음악성을 시어나 시 형식
에 함께 버무려 지은 시편들이 매우 많다.

즐겁고 상큼한 노래로 흥을 그릴 수 있다. 사실 1910년
대 이후 우리나라 근현대시문학의 도입 단계에서는 전통
적인 가락에 시들이 함께 어우러져 있었다. 그리고 그렇게
짧은 시보다 가사와 같이 유장하고 긴 호흡의 서사적 전통

이 살아 있었다. 그러나 서구적 시 형식을 도입하면서 시적 서사화가 숨을 죽이고 눌려 있었다고 할까? 그러나 백석이나 이용악과 같은 시인들은 시적 서사의 생명을 되살려 내었다.

1960년대를 거치면서 시가 사회화 과정을 거치게 된다. 시대를 독해하고 시대사에 개입하며 시가 가진 본래의 언어 미학에서 상당히 벗어나 낯선 구호 같은 시들이 다시 대중과 결합하는 과정에서 음악성과 만난다. 서정에서 벗어난 시어들이 기계적 파열의 음악과 손을 잡는다. 그와 함께 시어도 음유적 확장과 함께 시문법도 더욱 다이내믹하게 확장된다. 결국 소리를 잃어버린 시적 수사와 탈의미적인 난해시가 폭발적으로 늘어나면서 시대를 방황하고 있다.

독자들을 다 잃었다. 고급 독자가 될 만한 이들은 여기저기 잡지를 통해 그리고 시집 간행을 통해 시인으로 시인군으로 몰려, 좋은 시와 나쁜 시를 가려낼 수 없을 정도로 시작품이 폭포수처럼 쏟아져 내리는 기이한 시대를 맞았다.

바람이 더듬는 AI 시대 시의 길

최근 인공지능의 시대, 숱한 시들을 빅데이터로 구축하

여 시문법을 학습한 기계, 로봇이 인간이 지어내는 시보다 더 훌륭한 시들을 창작하고 낭송하는 시대가 다가온다. 사실 2000년 이후 우리나라에는 시 낭송가협회라는 단체가 만들어지고 시를 분위기 있게 낭송하는 예술 장르가 생겨났다. 시문학의 시대 변화를 반영하는 기이한 현상이다.

그런데 이젠 시를 기계가 음악성을 감성 라벨링으로 부착한 데이터를 구축한다. 숱한 시들을 딥 러닝을 한 기계가 괜찮은 음악을 배경으로 시를 낭송해주는 곧 읽는 문학에서 듣는 문학으로 시문학의 환경이 전환되고 있다.

전 세계적으로 시인이 가장 많은 나라이다. 그렇다면 그만큼 사회가 고급스러움을 보여주는 사회로 변했는가? 아니다. 시인들이 어쩌면 더 이기적이고 사회에 대한 이념적 비판을 앞장서서 외치는 프로파겐다가 되고 있다. 참 고약한 시대, 시인이 그리고 시가 어떤 처신을 해야 할지 막막하다.

내 유년기 시절 떠났던 기차가 아직 닿지 못한 기적소리 바람 한 점 없는 이른 새벽 침묵 속에 먹먹하게 들려온다. 가도 가도 끝없는 이 세상의 어느 모서리 가도 가도 닿지 않는 세월의 깊은 늪 출렁이는 녹색 오월 아침 붉은 베고니아 꽃잎 잠을

다스리는 가도 가도 끝 모를 이승의 하늘

—「베고니아 꽃잎」

이번에 상재한 시집은 일곱 번째다. 앞에서 내가 말한 시론과는 사뭇 이탈된 표현의 자유를 갖는 대신 가난을 선택한 한 시인의 추억이 담긴 고백을 담아낸 시집이다.

너를 통한 나의 고백의 수사
『순결』이라는 시에서

땅바닥에 철퍼덕 떨어진 동백꽃
농익어 땅바닥에 머릴 처박은 홍시
모두 가열차게 치열한 붉은색 순정이다
나는 언제 저토록 아프게
곤두박질쳐 본 적 있는가?
되돌아 갈 길, 영원히 잃은

아련한 순결이다

달콤하든 황홀했든

제 목적에 닿지 못한 애닮은 사랑이다
나는 언제 저토록 애닮은
사랑을 해 본 적 있는가?
너도 또 나도 언젠가 땅바닥에
내동댕이치듯 떨어지는

한 닢의 붉은 동백꽃

　나는 나의 삶을 너를 통해 투영해 가열차지 못한 애달픔
을 호소해 보았다.
　「I YOU」라는 작품은 바로 나와 너를 소재로 한 것이다.
존재하는 나와 부존하는 너를 투시하는 나의 시적 관점이
라고 말할 수 있다.

너는 혼자가 아닌 걸
잠을 잘 때나 꿈 꿀 때나
고뇌할 순간
바람처럼 다가가서
민들레 씨방을 훌훌 날리듯
나는 너의 바람이야

외로운 산길 홀로 걸어갈 때
나는 너의 길동무가 되어
하늘 태양의 빛처럼
너와 어깨를 걸고 걸을 거야

비가 내리는 저녁 무렵
텅 빈 하늘의 차오르는 어둠처럼
너의 빈 가슴을 파고드는
나는 너의 별빛이야

슬픔을 기쁨으로 만드는
나는 요술쟁이가 되어
바싹 마른 너의 입술
촉촉하게 적시는 이슬

부존의 너를 통해 부재하는 나를 확인하는 그 허무는
늘 붉은 색조를 띤 내 삶의 남아 있는 열정일까?
「산당화」는 꽃 이름으로서 자신의 정체성을 상실한 너
의 존재물이다.

네 이름은 명자,

일제강점기 기모노에 곱게 물들인 하나 아키코

네 진짜 조선 이름은

산속 외로운 집 홀로 지키며 피는 꽃

산당화였네

그 산당화는 검붉도록 달아올라

살짝 부는 바람에

지는 꽃이더라도

깊은 산속 외로움을 비틀치는

외마디

요염한 사랑의 정화

핏빛 물든 뻐꾸기 울음만 번지는

고요한 외로움

산당화의 이름의 부재성을 역사 공간에서 호명하여 "살짝 부는 바람에도 쉬 지는 꽃"으로 규정하였다. 그 존재의 불완전성은 바로 나의 현존을 뜻하는 "깊은 산속 비틀치는 외마디"이자 핏빛으로 물든 뻐꾸기 울음이 번지는 지극히

외로운 존재로 표상하였다. I는 YOU를 통해, YOU는 I를
통해 꽃을 통하거나 바람을 통하여 존재를 확인하려는 예
민함 촉수와 만난다. 곧 따로따로 떨어져 존재하는 존재의
외로움 그 자체를 확인해내는 과정이다. 이러한 과정이 나
의 시작에서 매우 의도적으로 실험했던 결과이기도 하다.

「가을 한복판에 서서」에서 "바람 소리에 섞인 그대 숨결
/내 귓가에 다가와 펄럭입니다"와 같이 너는 바람이기도
하다가 "황금색 노래로 흔들며/바람에 펄럭입니다"와 같
이 늘 색상과 존재가 겹쳐지면서 더 화려한 실감으로 나와
너의 존재적 실재를 더듬고 있다. 청각으로부터 시각으로
전환되는 이미지의 유희가 나의 실존이다. "다시 그대는
바람이 되어/그리움의 한복판에서/흩어집니다" 잔잔한 존
재론적인 허무 속에서

노란 황금물결 치는 바람 사이
하느님 영성의 따사로운 빛이
보이지 않나요?
활활 타오르는 생명이

—「가을 한복판에 서서」에서

영성으로 이어내는 엄숙함마저 느낄 수가 있다. 나의 초
창기 시에 비하면 시적 내면이 더욱 확대되고 깊어졌다고
할 수 있다. 대학교단에서 벗어나면서 역사와 철학 그리고
과학에 이르는 독서의 폭이 나의 시작에 은연중에 간섭을
보인 탓이리라.

「장례 행렬」은 코로나를 이기지 못한 죽음과 이별을 소
재로 하고 있다.

　　사랑도 섹스도 간신히 쌓아올린

　　레고 하나에 하나를 더 보태는

　　아슬아슬한 황홀이었다

　　술을 마시고 노래를 부르는 동안

　　살아 온 날과 살아 갈 날이 저절로 쪼개져

　　나누어졌다

　　남은 반쪽은 나에게 있는지

　　그마저도 내 것이 아닌지 궁금해졌다

　　떨어지는 칼날이 발등을 찍었다

　　구름은 마침 엉겨서 비를 뿌리고

좀 퇴폐적으로 살고 싶었지만
늙어 죽은 자의 몸무게를 가늠해보면

마음이 무거웠다
누군가에게 편지를 쓴 지 참 오래되었다
나는 화장장에 검은 연기로 흩어지는
발자국을 멀리 따라 갔다

—「장례 행렬」에서

보기 드문 긴 호흡적 단락과 나의 현존 역시 이미 쪼개어져 갈라진 그 소멸된 반과 남아 있는 반에 대한 존재적 확인을 하지 못하는 모두 포기한 삶의 토대를 허무하게 그리고 있다. "나는 화장장에 검은 연기로 흩어지는/발자국을 멀리 따라 갔다"처럼 현존하는 나는 검은 연기로 죽은 너에 대한 존재론적 코러스를 비탄한 현실을 숙명적으로 거슬림 없이 받아들이고 있다. 수용할 수밖에 없는 게 현실이다.

내 존재에 대한 위기였던 동시에 전 인류가 함께 맞이했던 타율적 위험성에 대해 저항하지 않고 그냥 모든 옷의 단추를 풀고 허리띠를 풀어낸 모습이다. 탈속한 이해관계를 다 버린 순정한 인간의 모습을 지닌 나이기도 하다.

나와 너 사이에 난 길은 곧 경계이면서 존재론적 거리이기도 하다. 「길」이라는 작품에서는 너라는 바람은 길이 없다. 온 세상의 존재물을 더듬으며 존재를 표상해주는 바람은

바람은 길이 없다. 모든 빈 공간은 소리가 속도에 따라 다른 소릴 지르며 바람이 지날 길을 열어낸다. 빛의 길이기도 하다가 어둠의 길이기도 하다가 괴물 같은 빌딩이나 나무숲 사이로는 미끄러지듯 빠른 생각을 혼돈으로 고함을 지르며 그림자들을 놓아준다

빌딩은 바람에 풀려나도 달아나지 못하고 숲은 색깔을 가끔 던져버리다 낙엽만 바람에 몸을 맡길 줄 안다.

닳은 흙이 먼지를 일으키며 구름이 되었다 동북이 불면 사해를 건너 나의 좁은 방문 틈새로 들어와 바닥에 주저앉는다. 도로에 내려앉은 바람은 자동차 경적에 놀라 먼저 달아나며 길을 낸다.

흰 눈 펄펄 내린다. 별이 섞여 이 땅에 떨어진다.

—「길」에서

바람은 존재 사이로 난 길이기도 하다. 흰 눈이 펄펄 내리는 날 하늘에 뜬 별이 섞여 땅에 떨어진다고 존재의 헐거움과 부재성에 대해 관조하고 있다.

낯설지 않는 풍경을 관찰하다

「와인 잔을 바라보는 시간」 등에서 나는 너를 얼마간의 거리를 두고 집요하게 바라다보고 있다. 나이가 들어가면서 열화 같은 정열이 차츰 숙지고 그 내밀한 공간을 관찰하는 그리고 존재의 본질을 낚시로 건져 올리는 한가한 낚시꾼이 되었다.

「바다의 노래는 푸르다」에서는 너를 바라보는 나는 변하지만 너는 변하지 않는 물성의 본질을 "시퍼렇게 물든 아픔 가슴에 안고/한순간도 세로로 일어서려는/저항을 포기하지 않았다"는 사물의 물적 존재의 숙명을 깨친 자성의 모습이다. 나와 너의 거리는 "심연의 거리"로 존재적인 접근이 운명적으로 불가함을 나는 알고 있다. 그래서 바다의 노래는 "내 숨이 멎어도 네 노래는 영원히 푸르리라"라며 세상을 모두 가슴으로 쓸어담고 있다.

「와인 잔을 바라보는 시간」에서는 나의 존재와 죽음이라는 시각에서 바라다 본 와인 잔, 그 와인 잔은 여성이기

도 할까? 허리가 날씬한 나와 너는 "죽고 산다는 경계의
묽은 눈물 증발 속도보다" 더 빠르게 큰 소리로 울어본
적 없지만 앞으로 닥쳐올 경험을 예측하고 있다.

어디에서 날아온 눈물이 핑 도는 헛소문
꼭 껴안아 쥔
손엔 주름이 잡히고
그 깊은 골 따라
흘러내리는 겨울비

그래서 이별은 눈빛이 먼저
별빛처럼 빛나는
눈물방울이 가쁜 숨
몰아치지

살아 있는 기준이
어디 있겠는가
죽고 산다는 경계의 묽은 눈물 증발 속도보다
더 큰소리로 목 놓아
울어 본 적 있는가

사랑과 이별 그리고
　　이승과 저승의 경계
　　그곳에는 황홀한 저녁노을 재빨리
　　묻음으로 떨어지는
　　처량한 어둠의 고함이 들려온다

　"사랑과 이별 그리고/이승과 저승의 경계/그곳에는 황
홀한 저녁노을 재빨리/무덤으로 떨어지는/처량한 어둠의
고함이 들려온다"고 나의 존재가 죽음에 이르더라도 '너'
의 존재는 처량한 어둠의 고함, 검붉은 와인의 액체가 고함
치며 증발하는 것을 예상하고 있다.

　「여우를 예찬한다」에서 여우는 와인 잔과 같은 너의 존
재일까? "여우는 함부로 몸을 움직이지 않는다."에서 너에
대한 존재적 인식을 환기시켜주는 기제가 여우는 함부로
움직이지 않기 때문이다.

　　눈빛 또한 아주 천천히
　　적절한 속도로 주위를 살핀다
　　봄비에 젖은 은빛 털은 단 한 가닥도
　　엉켜 붙도록 내버려두지 않는다

여우같은 여자를 사랑하는 이유는

여우는 아무 곳에나 발 딛지

않는 고결함이 있기 때문이다

너도 언젠가 여우같은 여자가 되어 본 적이 있는가?

　　　　　　　　　　　　　　　　―「여우를 예찬한다」

　이 시의 후반부에서 여우같은 너를 사랑하는 이유는 그
냥 막되어먹은 대상이 결코 아니다. 고결하고 정갈한 여우
같은 여자인 너이기에 너를 예찬하는 것이다.

　인생은 유한하다. 「낙화」처럼 무르익은 떨어져야 할 어
느 시점에 점점 다가서고 있음을 나는 잘 알고 있다. 나의
젊은 시절에는 "바람 따라/온갖 사람의 시선을 끌던/찬란
한 시간/왈츠 선율에 몸을 맡긴" 네가 어느 순간 "떨어져
내리는 꽃비"의 존재가 되었다. 나와 너의 존재적인 확인
은 단 한 가지 사랑이다. 그냥 시시한 사랑이 아닌 불길같
이 뜨거운 사람이다.

　너는 저 낙화하는 꽃처럼

　단 한순간만이라도

불길 같은 사랑을 해본 적이 있는가

유유히 떨어지는
저토록 여유로운 포기를
언젠가 네 생애를 저처럼
순순히 끈을 놓고

왈츠곡에 마주어 떨어진 적이 있는가
하늘 반짝이며 비치는

—「낙화」

문제는 이 땅에 곤두박질치는 절망으로 향해 떨어지는 순간도 그냥이 아니라 왈츠곡에 맞추어 유유히 떨어지는 꽃잎이 되기를 갈망하는 시인의 눈길은 아직 뜨겁다. 「바다는 늘 옳다」, 「무당벌레」, 「연어」, 「잠자리와 바람」, 「낯선 풍경」 모두 역동하는 너를 바라다보는 나의 연민어린 눈길과 손길을 느낄 수 있다. 그러나 낯설기도 하고 경외스럽기까지하다.

나의 눈길은 이 세상의 만물을 모두 생명체로 되살리며 나의 눈길로 나의 손길로 나의 입김으로 어루만지고 꼭 껴안고 있다. 나의 사물에 대한 성실한 태도가 나의 존재 원리이기 때문이기도 하다.

부재하는 존재, 역사성

나는 저 건너편에 있는 부재하는 존재를 역사로 인식하고 있다. 따라서 역사는 상상하고 재구성한 언어임을 인식하고 있다. 따라서 지난 기억과 반기억을 꾸며낸 이야기로서의 너는 나에게 역사라는 투명한 존재이다. 나는 사람이기 때문에 역사를 새롭게 생성할 줄 아는 존재이기 때문에 늘 고립되어 외롭다.

「검은역사, 파란역사」에서 나는 시 형식을 무시한 기술로서의 산문, 산문으로서의 시라는 경계를 허물고 강경하게 비판을 해 보기도 한다.

철학은 절학(絶學)이, 문학은 망학(忘學)이 역사는 허구(虛構)로 꾸며진 인문학 망국학(忘國學)이 된 야만의 세상. 빨간역사, 붉은역사

—「검은역사, 파란역사」에서

그러면서 시인을 '똥 시(屎)'자 시인(屎人)으로 비하하고

157

조롱하기도 한다. 정치권력에 휘둘린 이 시대 시인을 호되게 조롱하지만 어쩌면 그 자체가 자신에 대한 존재적 현 위치를 그린 것은 아닐까.

어느 역사적 시점에서 오로지 나와 너를 존재로 확인할 수 있는 유일한 방식은 현존하는 삶이다. 「살아야지」에서 "남겨진 것들/버티는 것들/어쩌면/그래서 온전한 것들"이라고 하여 부재하는 역사성의 건너편에는 생이라는 유일한 통로가 있음을 깨닫고 있다. 그래서 어쩌면 비록 구차하더라도 살아서 남는 것이 비로소 온전해진다는 존재론적 한계랄까 그 임계점에도 이미 나는 도달해 보았다.

나의 시에는 '소리'라는 시어가 곳곳에 나타난다. '바람'과 함께, 「소리」라는 작품에서 사물의 외연을 시각이 아닌 청각으로 어루만지며 점점 떨어져 가는 현실적인 청력을 통해 너라는 존재에 대한 이해와 인식의 관심도가 떨어지고 있음을 비로소 자각하고 있다.

세월이 점점 멀어져 가면서
세상의 들리지 않는 소리
나도 모르는 사이에
민들레 씨방처럼 다 흩어져 버렸네

마알간 겨울 하늘

유난히 푸른 건

봄이 오는 소릿길

그 창창한 하늘길을 닦아

붉게 타는 라일락 꽃잎

천천히 다가오라고

철지난 시간의 문 활짝 열고

나도 모르는 사이

찾아온 사랑하는 당신

오라는 손짓 대신 보내는

가을하늘의 흰 구름의 손짓

세월의 소리가 흐릿해져

보청기를 맞추었어요

—「소리」에서

한 개인 삶의 역사를 소리라는 촉각으로 청각을 현현하는 존재로 전환시키려 하고 있다. 다만 세월의 흐름을 안내하는 통로가 바로 소리라고 나는 믿고 있다.

「주문진」이라는 작품은 내 스스로 아끼는 작품이다. 개인의 역사 속에 대학교수라는 오랜 직업으로 인한 세상을 바라보던 착시를 걷어내기 위한 바닷가 여행이다. 내 시에서 '바다'는 '소리'와 '색깔', '바람'과 함께 매우 소중한 소재꺼리이기도 하다.

"동해 바닷가 사치스러이 옆구리에 끼고 갔던 신화학개론 흰 잇발 드러내고 웃는 주름이 굵고 깊은 노인 어부. 생선눈처럼 동그랗고 붉은 핏기가 엉겨있는 그들의 구어에는 국어문법책 질서를 따르지 않고 어망의 실타래같이 뭉쳐 얽혀 있다."에서 학문에 대한 허구의식을 실망하며 스스로의 역사를 조롱해보기도 한다. 현장은 늘 "한바다 선창에 펄펄 뛰는 힘 찬 것, 여태 내가 배우고 가르친 이 세상 외딴 지식들이 이곳에서는 무용지물이라는 허망함을 깨우친다. 생선의 반짝이는 은빛 비늘 무늬옷 입은 건강한 인정으로 꾸덕살 박힌 손으로 듬뿍 집어주는 생선 횟거리 바구니 껴안고 생선공판장 너머 바다 바라보니 이미 중천에 떠오른 태양이 생선잡이 윤선처럼 손살처럼 달려온다."라며 한 평생 책으로만 익혀왔던 내 지식, 다 내려두고 갓판에 앉아 금방 손질한 생선회에 소주잔으로 묵을 때를 씻어 내린다.

고요하던 바다는 쉼없이 달려와 하늘로 치솟으려 일어

서는 바닷가 순결하게 살아온 뱃사람들이 너무 부럽다고 고백하기에 이른다. 지극히 내 개인에 해당하는 부재하는 존재의 역사성이다.

시적 사회성에 대한 인식

나의 「외젠 포티에의 인터내셔널가 변주」는 다분히 세상에 대한 반항적 사회적 비판과 항거가 뒤섞여 있다. 그래서 "이 우울하고 암담한 시대/자유의 깃발을/날리기에//낡아빠진 쇄사슬로는/시작도 하기 전에/깃대는 으스러지리라"며 지극히 부정적 반복에 대한 결연한 인식을 드러내기도 한다. "쌓여진/처절한 부패의 굴레를/벗어던질/고난의 행군을 시작하자//우리 모두 함께"라고 하여 불평등 이론이나 반체제주의에 대한 반성을 하려는 의지가 강하게 드러난다. 나에 건너편에 있는 네가 사회이기도 하고 나의 가족과 친구이기도 하다.

한 때 젊은 시절 나는 대단히 진보적인 사유를 하며 행동했던 경험을 가지고 있다. 그러나 나의 가족 특히 어린 손녀와 손자들이 맺어주는 진한 사랑을 체험하면서 지금까지 견지했던 나의 이념적 견고성이 허물어지기 시작하였다.

나는 이제 철이 든 순한 양이 되었다. 사랑밖에 난 모르는 나로 회귀하는데 너무나 많은 헛걸음을 한 이후에 도달한 것이다.

한참 동안 잊고 살았던 대학 시절의 여자 친구 김선이 선생과의 이별을 다시 생각하는 시간이 찾아온 것이다. 결국 나와 너의 존재론적 역사성이고 그 역사성은 바로 "꼭 잡은 손에 땀에 짧지 않은 추억들 다 녹아 점점 맑게 차오르는 강물에 함께 실어 보냈다. 세월이 흘러 긴 장마가 어느 날 쨍쨍 햇살타고 빗줄기 발문을 연 날, 날 무작정 보고 싶은 선이 선생을 찾아 버스를 타고 내린 마을 용문중학교"(「김선이 농업샘」)에서처럼 꼭 잡았던 손에 배어난 땀, 짧지 않은 추억들 다 녹아 점점 맑게 차오르는 강물에 함께 실어 보냈다. 그러면서 다시 현실로 내 곁에 있는 아내를 되돌아본다.

저항하던 나의 사회적 소성이 따뜻하게 손바닥에 밴 땀처럼 질은 사랑으로 나와 너의 존재에 대한 화답을 하고 있다. 「아름다움」, 「산다는 일」에서 나의 한계, 뛰어넘을 수 없는 이 시대와 사회 구조의 한계를 읽으며 현실의 모습으로 되돌아선 실패한 개혁주의자의 쓸쓸한 지난 날의 추억을 잣아올린 게 이번 시집에 고스란히 담아냈다.

고등 3년 무렵 처음으로 서울로 가는 고속버스에서 바라본 고속버스 안내양 딘 모리아티를 닮은 그 여성에 대한 추억, 그 어떤 셈법도 없는 추억의 눈물이다.

　　과거와 현재와 미래에도 존재하지 않았던 희망을 바라보며 기다리는 빨리 지는 겨울 해처럼 달려온 그레이하운드 고속버스 안내양. 잭 케루악의 「노상에서」의 주인공 딘 모리아티를 빼박은 그녀는 지금 어디서 어떻게 살고 있을까? 잊어버리지 못한 일로 하여금 아무런 셈법도 없이 혼자 뒤척이며 중얼거리다 흐르는 눈물이 짙은 안개 속을 빠져 나오는 강남고속터미널 버스 불빛이 비취는 명암의 표적들. 나를 처음 수도 서울 강남버스터미널로 실어다 준 딘 모리아티의 그 여인의 모습.
　　　　　　　　　　　　　　　　　　—「산다는 일」에서

한참 동안 놓쳐버린 한 철없는 이상주의자였던 나의 허상을 아직 꿈꾸고 있다.

그래서 「슬리퍼 신고 외출하고」에서처럼 평생 20대와 함께 살아온 나는 나의 실존적 위치를 이렇게 읊고 있다.

　　예의도 사랑도 다 망가진 배반의 유배지를 언제까지 슬리퍼를 신고 외출해야 하나? 니네들은 모두 과거의 나의 모습이고 나의 딸과 아들이었다. 도둑같이 텅 빈 영혼만 가진 나그네였다. 하루만 굶어도 걸신들린 듯 검게 탄 함박스테이크 조각을 손가락으로 우겨넣는 입만 가진 니힐리스트였다.

음악성이 모두 사라지고 시적 보행도 사라진 설득하고 설명하려는 반시적 행위를 거침없이 벌이고 있다. 이게 지금의 나의 모습, 곧 "표현의 자유를 갖는 대신 가난을 선택한 사람, 시인" 이상규의 모습이다.